无一缺损
科茨贝克诗选

[斯洛文尼亚]爱德华·科茨贝克/著

梁俪真/译

华东师范大学出版社 | 上海

华东师范大学出版社六点分社　策划

目录

大地（节选）

静默的鸟栖在我的肩头............ 3

蛛网盘绕的太阳............ 5

一队强壮的年轻公牛缓慢地走着............ 7

女人们收工归来............ 9

重重的树皮压在最后一篮葡萄上............ 11

噢水域的噪音，宇宙的崩塌............ 13

大声问候你们，我的活着的同志们............ 15

因变化而沉醉我躺在大地上............ 17

大地，从你我得到一切............ 19

惧怕（节选）

雨............ 23

手............ 25

月光............ 27

有光晕的月............ 31

田野中的十字架............ 35

游戏............ 37

会面之后............ 41

未知的女人............ 45

海湾............ 47

夜的仪式............ 51

辩证法............ 53

黑海............ 57

午夜的风............ 61

关于如何吃牡蛎的建议............ 65

狄安娜............ 69

爱与功............ 71

（爱）............ 75

第一夜............ 77

莉利亚·布里克与马雅可夫斯基在

 撒马尔罕............ 79

尼斯的公墓............ 89

曼哈顿之死............ 91

伊斯坦布尔............ 95

致一只巴统的海豚............ 99

关于碎片的初步对话............ 101

冰记忆............ 103

在天堂............ 107

在毁灭之书中............111

坟............113

以阿布·纳瓦斯的方式............117

亚历山大港……（一）............121

亚历山大港……（二）............123

亚历山大港……（三）............125

诗学............127

大地

(节选)

静默的鸟栖在我的肩头

静默的鸟栖在我的肩头

整整一天我灰白的脸被一种

曾被遗忘的神秘端详

如一名古代的僧侣,我观察着令人陶醉的世界

我神秘的到访者

在夜晚的大地上留下了多么温柔的踪迹

听!整天我听着圣咏的声音

我激动地进入那悲哀而热烈的折磨

那令人愉快的回环

是的，整整一天静默的女人们研究我

整整一天我带着那美丽的尘世之眼的

我忧伤的叶子

现在我平静了，在正午孤身一人

现在我要走了，已知悉何时，何地，为何，

追寻一种能持久的爱

遥远的夜，一座静默的寺院等候着

孤身迎着你，我承诺我年轻的心，

将永恒之门敞开

蛛网盘绕的太阳

蛛网盘绕的太阳,

空气是家常的,仿佛是在一处小屋的

挂布帘的起居室,

一枚沉重的水果

滚下山没入正在腐烂的树林。

时不时地一辆独轮车嘎吱作响,

玉米的长叶片发出突兀的沙沙声,

荞麦上迟到的蜜蜂慵懒地嗡鸣着。

我们,一群朋友,会将我们的背包

抡到肩上,走向葡萄园,听

鸟儿惊飞,我们汲满水罐。

用去年和更老的葡萄酒,我们必须

刷净我们的盖子上的薄雾,洒在

正在成熟的葡萄藤上,然后我们的目光

从气势逼人的工棚向河谷滑落,

在那里我们的女人们赤足在恐惧中

走向黑暗。

一队强壮的年轻公牛缓慢地走着

一队强壮的年轻公牛缓慢地沿道路走着,
似乎不知道它们正在将沉重的负载挪向别处。
手推车随平稳的推拉而动,左后方车轮边的
链条沉默无声地转动等圆的弧形,仿佛不情愿
去打破和谐。公牛的口鼻滴下泛沫的唾液,
留下圆形斑点纤薄潮湿的痕迹。
它们闪光的赤褐色皮肤闻上去是温暖的,
当它们与梦酣的驾车人进入树林,
看上去它们正在永久地消失。

稍后我看见年轻的红色公牛

点着头走出树林,走向小山。

它们什么也没改变。在这片安宁的土地上时间已经停止了。

女人们收工归来

女人们收工归来,
她们爬上有坡度的田野。如同一群
动物,她们穿过空荡荡的夜晚移动,
鼻孔燃烧着。当她们走近树林,她们
如年轻男孩爆发出高音调的歌音。
当她们的呜咽声以一阵强有力的啜泣声结束,
随即突然转入沉默,似乎我们能听见她们在
空洞的孤寂中踏上草皮的赤足。

穿过所有秋天的田野的女人们
收工归来,她们的歌在林中发出回声。

我可以将苦涩的土壤填满我的嘴,

在她们的声响激发的悲伤当中。

重重的树皮压在最后一篮葡萄上

重重的树皮压在最后一篮葡萄上,

方才在庆祝的人群已经离去,只余两名男子的
  话音

平稳地,明智地进入夜深。

夜间活动的词语的善融入

沉默,必做之事的气息令人目眩地栖在

黏土地板上,一次又一次地老树皮嘎吱作响。

两个男人也变得静默了。第一个,坐在空空的
  麻布大袋上,

因静止而愕然,酣然入睡了。另一个,现在孤

独一人,

将身体挪近,加入了他的睡眠。星星在外面
　　闪烁,

悬灯的火苗低垂,水滴声渐息,

很长一段时间无物有声,无事发生,直到,河
　　谷下方,

晨钟敲响。

噢水域的噪音,宇宙的崩塌

噢水域的噪音,宇宙的崩塌,
女人,将你的耳贴近我,
那里延伸着永恒的庄重仪式。抓住我的
手,我无法告诉你这种
华丽如何似雷鸣震响,攥紧我,
明亮的死亡正在爆裂我的身体,我的眼
看不见了,我的耳听不见了,
我的心溅落到夜草上,
起伏的风撕扯我,我顺利地瓦解,
而土地尚未穷尽。噢,活着的神的
可畏的儿子,我哑默地恳求您,在我的
爱中帮助我。

皮特·蒙德里安,《海边》

大声问候你们,我的活着的同志们

大声问候你们,我的活着的同志们,
劳工们,小文人们,冒险者们,深海潜水者们,
所有海洋的渔夫们和所有土地的农夫们,
斗士们,麻风病患者,强盗们,和你们所有人的妻子们。
阵阵微风带来熟悉的嗓音,
烽火延绵群山闪耀地燃烧,
旗帜飘扬,我们在我们威力强大的营地内心涌动,
在夜晚来临时感觉到与动物无异,

在它们接近时大地隆隆作响,人们

正在为伟大的日子而聚集。因为这个聚会而

   喜悦,

我们肩并肩躺下,平静下来,喧闹地

在夜间等候小号被吹响。

因变化而沉醉我躺在大地上

因变化而沉醉我躺在大地上,
将我的前额压在土地上。我颤抖,
不敢起身,我看见太多,听到
太多,整片大地快速旋转,这种静止的摇摆
和无声的悸动在拆散我们,这晃动引起
越来越多恍惚,抑制了我们。

之后我们起身,再次向前奔跑,
在从不停步的你的身后,再一次
我们疲倦得踉跄,再一次在你身后
向前冲。噢人的执著,一颗惊惧的

心最后的爱。我们不要求

怜悯；同志们，我们必须只是坚守，

从不放手。

大地,从你我得到一切

大地,从你我得到一切,大地,
我返身向你,我的肉体闻上去有
神圣祭献和致死方休的悲哀的气息。
日日夜夜我将长时间地向上仰望。

大地,我们的墓穴,你多么可爱,大地,
我是无数谷粒中甜蜜黑暗的一颗,因你的
深度而迷惑。众鸟在我们头顶吱嘎有声,
它们中的一只会将我们全部啄起。

塞缪尔·科尔曼,《救赎之岩》

惧 怕

（节选）

雨

一只空鼓咚咚

雨落了一整夜

一只空鼓咚咚

命运用指关节敲响它的老歌

一只空鼓咚咚

我被关闭在一个环形里

一只空鼓咚咚

疼痛中我高声呼救

一只空鼓咚咚

我不能再次离开你

一只空鼓咚咚

我记起颤抖

一只空鼓咚咚

它曾经袭来一次

一只空鼓咚咚

雨落了一整夜

手

我曾经在我的两手之间活过,

就像活在两个盗贼之间,

两者都不知道

对方做过什么。

因为它的心,左手愚笨,

因为它的技巧,右手灵巧,

一个拿,另一个丢失,

它们相互躲避,

任凭每一件事都只能完成一半。

今天当我从死亡奔逃,

摔倒又起身再摔倒,

在荆棘和岩石间爬行,

两只手都血淋淋。

我伸展它们如同大庙宇烛台的

十字形分枝,

以同等的灼热作见证。

信念与怀疑在同一朵焰苗中燃烧,

热烈地上升到高处。

月光

整整一夜我跌跌撞撞

穿行在深深的月光里,

在我的左边和右侧

躺着微绿的裸体,

它们如同被从那

曾淹没了多柱的神殿的海水中

打捞出的大理石雕像,一只锚割断了佩有花
 冠的

一个头或一只手。

现在我知道了我是一名潜水者,

我被放低到愚蠢的历史的

深处,

稠密的水抗拒我,

海藻拉拽我,

沉没的世界里万物倾斜着,

隐约地闪烁微光,

牺牲品围绕圆形竞技舞台纷纷躺倒在地,

被毁坏的天空坠落啊坠落,

落入它自己的石棺。

整整一夜我跌跌撞撞

穿行在深深的月光里，

微绿的裸体

躺在我的左侧和右边，

一种庞大秩序的混乱

吞没和改变我，

仅仅在今夜我领悟到

无法言说的真相，

我将更冷酷地活，

更温柔地死去。

克劳德·莫奈,《吉维尼附近的塞纳河晨景》

有光晕的月

我身边的这个男人被杀死了。

他有一位生育了他的母亲

和一位给他做玩具的父亲,

他有一个兄弟和一位爱嬉戏的叔叔

和一个有着金色发辫的小女孩,

他有一辆木质马车和一匹木马,

一满箱彩色的梦

和一条他曾去捕鱼的小溪。

他快步行走着靠近,

当他赶上我时他气喘吁吁,

我们停下来仿佛我们认识对方。

他双手提着一只装有几只鸟的鸟笼

和为长途旅行准备的干粮,

他的衣袋里有一封写给三条河谷以外的某地
　的信。

他的嘴唇间是舌头甜蜜的嘴风琴,

随时准备迸发出歌音。

静默充满了天国般的空间,

风窒息在椴树的枝丫间。

从老隔板传来苹果的气味,

面包朝着门搁着,

他已经踮着脚走进我。

我已经开始向这个世界道别:

猝然地,穿过不快乐的心的黑暗窗户,

一轮有光晕的月照耀。

乔治·修拉,《夏日风景》

田野中的十字架

当他们在基督圣体节
将祭台放置在他身下,有人目睹
他如何睁开他的双眼,
在熏香的迷醉中
他窄窄的鼻翼如何翕张。

接着飘来其他气味,
小麦,青草和雾的气息,
火药的烟和嗅味;
一颗神秘的子弹击穿他的眉宇,
他的头垂得更低了,
连同荆棘和小绺的干草,

他失去了人体的外形,
成为了一个稻草人。

世界变得狂乱,
贪求着恐怖。
现在他被一枚铁钉悬挂,
某个夜晚,当风在
猛烈的倾慕中起伏,
他会迫使自己离开,
走下来,足踏上安全的土地,
亲吻它。

游戏

我手捧一只有缺口的碗

在露营地厨房前排队等候。

当我前后扫视

我被一种奇妙的洞察打动:

只有现在,我们才正确地看待我们自己。

如同洗一副牌,

有人已改变并暴露我们,

放纵地,挑衅地,古怪地;

但最重要的是,如同在所有的游戏中,

赔率是神秘地平等的,

他已提醒我们自身隐秘的真相。

曾经穴居的他现在在大气中行走，

演说者现在成了梦中的口吃者，

曾在干草上睡着的他如今率领一个旅，

安静的伐木者充满了问题；

曾经引用荷马的他正修建掩体，

曾在巴黎用餐的他正成形为一把勺子；

饮酒者舔舐着露水，放歌者倾听着沉寂，

教堂司事布设地雷，守财奴收集着伤口，

农场工人成了占星家，懦夫变身为突击队员，

诗人驱赶着骡子，造梦者成了电报员，

地方的浪荡子卡萨诺瓦成了受信任的向导。

我手捧一只有缺口的碗

向我的前后方张望,

我无法领会所有的影像,

亡灵列队,幽灵朝圣,

真相匆匆一瞥,命运披露。

如同洗一副牌,

有人已改变并定义我们,

放纵地,挑衅地,古怪地。

于是我转身看向我自己,

我在梦的重量之下摇晃——

它们全部在我体内,犹如在

一位年轻的母亲体内。

会面之后

我刚刚结束面对

围绕在我的绿色平台四周的人群的讲话；

我踩着癫狂的高跷，

在古树和树影间移动，

我挥舞双臂，向风呼喊，如同阴云

笼罩他们沉默的身影，

用猛烈的推搡，在眯缝的眼里

清出一条通向他们的神秘心灵的道路。

在一个小时以内，我呼喊出一条

数个世纪在上面沉默走过的道路。

我疾行到一个幽灵的国度,

气喘吁吁,猛拽着穿过泥沼的双腿;

我越来越急速,越来越多唠叨,

如同一个坏运气的巫师,越来越多地旋转;

最后我如同一只离水的鱼儿般喘息,

屈服于一种可怕的蛮力,被震得半聋。

现在,当低声耳语的人群已离开,

只有风停留在被踩踏的空地,

斜阳照射在变得破烂的花环上,

如同一次不成功的造爱之后,我感到悲伤;

我听到轻柔的嘲弄,和崩溃,

我因我自己的言词困惑,

独独渴望着一个词,

一个无法言说的词。

夜晚降临,无底而纯粹,

我的言辞飞舞,找不到巢穴,

很快它们将死于干渴和饥饿。

我会在夜里起身,敲门,

召唤人们,邀请他们返回:

回来,人之子们,回答我!

我将坐在你们中间，倾听你们，

在纯粹的清晨到来之前，

我将已经找到解脱。

未知的女人

天堂花园里的重大奇迹,

金发维达善变的肖像,

无法读解的古老梵语写就的神话故事,

亚特兰蒂斯之风吹拂的做梦的船帆。

变化与迷狂的鸦片剂,魔力的

羊皮纸稿,匆匆穿过世界的街衢,

一千次未被认出的美丽女人,

你唤起我内部一则忧愁的寓言。

现在,众天使之翼的甜蜜剪影,

纯洁的被爱者永恒的光荣,

现在,罪孽之欲那空荡荡的恐怖,

被一种华丽的热望所赎回的诱惑。

你是女神狄安娜身上受伤的荒地,

我是一位神话中的王子的金箭,

你是我滚烫指尖的雪片,

无声地坠落,永远地消逝。

海湾

以静默之桨我悬停于

喜乐的深海,

我从未像在

那种月光下那样,回望向

世界之初。

那是尚未被发现的群岛之间的

记忆的海湾,

我在太古的鱼群间

系上我的贝壳船,

它们尚未出生,望着我。

我们俩用孩童的风筝

做一个帐篷

和一张有虎爪印的床,

我们用熄灭了的篝火造出黑暗,

用脆弱造出一个门镜。

当我将她放倒在奇迹与反奇迹的

魔法阵,

她开始预言,

迷幻中她记起

她永恒的名字。

她的爱,因为丰沃的幻影而

转暗,

她被无法言说的神圣

暴力所选中,

逐渐地,温柔地。

于是我发明我自己和我的手掌的

多形性,我吐露

无人能重复的词语。

阿尔贝特·埃德费尔特,《赫尔辛基尼兰游艇俱乐部港口》

夜的仪式

房屋在树冠下倾斜,
风在门前跪下身,
恐惧将它的尾巴夹在两腿间,
群星有条不紊地安排它们自己,
天使们将夜曝露给敬奉。

大地是香炉
黑暗是余烬
而人是熏香。
我落在炭上,
在甜蜜的岩烬之上,
我成为香气。

阿尔弗雷德·施蒂格利茨,《乔治亚·欧姬芙之手》

辩证法

建筑工拆除房屋,
医生预先于死亡,
消防队长是纵火犯
秘密的领导,
聪明的辩证法如是说;
《圣经》也说出类似的话:
最高者将是最低者,
最末者将是第一个。

邻人家有一把上膛的步枪,
床下有一个麦克风。

邻人的女儿是一个告密者。

邻人中了风,

麦克风的电流出现故障,

邻人的女儿前去忏悔。

悄悄离开独眼巨人的洞穴时,

每个人都紧紧贴住公羊的肚子。

在夜里我听见从马戏团帐篷

传来的音乐的撞击声,

挥舞着双臂摇摇摆摆,

梦游者在高空走钢索,

而他们的朋友们从下方呼喊，

试图将他们从睡眠中唤醒；

因为谁在上，谁就该下，

谁睡着了，就让他睡得更深沉。

保卢斯·康斯坦丁·拉·法尔格,《海牙森林中的赫雷小径》

黑海

我们所有的水域

急速流向你,

黑海。

晨露

夜间的阵雨

和我们所有的溪流

汩汩流向你,

鞑靼海。

我们的雪降和雪崩

和我们所有的洪水

一路冲向你,

土耳其海。

我们良好的土壤

被冲蚀,

与神圣的尘土一道

落在你的底部,

拜占庭海。

与我们的土地一起,

我们的身躯也

沉入你,

无情的海。

现在我们在你的水草间,

在你贪吃的鱼群里,

现在我们被困在你的深处,

黑海。

温斯洛·霍默,《炮岩》

午夜的风

某个午夜,当角落的

一阵暖风

迫使他突然停住,

使得他无法继续前行,

他有了一次记忆的闪回——

所以你回来了,该死的你,

立刻,他知道

他的时日已经回归。

风玩笑般地弹起,

跃上他,将他击倒在地。

敌人是你最好的朋友,

他将你从危险的冷漠中唤醒,

抛光你记忆之上的黄金,

因为世间没有一场战斗

是赢到最后的,

让我们从上次停下的地方开始。

那是可怕的城堡下应许的

迷梦之夜,

人必须杀死怪兽。

老奶奶是第一个提到它的人,

被施魔法的公主发出她的召唤，

我们跌倒，流血，又再次站起，

摧毁堑壕，冲过走廊，

无知觉地纠缠在梦里。

他迎风而起，

撞上陡峭的墙壁，

冲破地狱之门的警戒线，

陷入突如其来的平静。

敌人不再在那里了，

风是一名掠过的敌手，

胜利是一位被施了魔法的公主,

战斗从未取胜。

关于如何吃牡蛎的建议

然而仅仅一把

刀锋短而强韧的小折刀

是不够

撬开它们的

如果你不熟练

取上一块布

免得伤到你自己

你应将刀尖

推向

最厚的部位

推进两半壳之间的

括约肌

你掰开盖

拿掉壳的碎片

不要丢弃那汁水

吃完肉后

你必须啜吸它

牡蛎自然而然

敞开

你不应全部吃光它

在你正在喝的汁

蟹的尖叫

波浪的阴影

横穿海底的漩涡

和肉之中……你嚼

碎爱……受惠和惶恐之后

你在细细探究中

感到的舒迟

不会持续太久
一种悲伤显露
现在这悲伤将伴随你一生
无论这生命将持续多久

狄安娜

在变形之前,他被容许
看到了什么?她的脚
她的踝,洁白的,她的背
她的胸峰?看到时
你又看到了什么?我看到
她发中的新月。我看到
在水中世界的背面,
我躺倒在水边——那迅疾
发疯的浅滩。在光线中
我分辨出了光线。

……但那儿,空无一物

……蜜蜂沉默着，

鸟群、云朵流逝而过

仿佛世界在水中盯着

我的阴茎。我看到了么？

我的毛发竖起，被风

浸透，我能嗅出

她的踪迹，她在何处

浸足于水中，我在桦树上

磨蹭身子，刮出了火星

蹄子深深陷入了淤泥之中

爱与功

你预言爱的终结

停住吧……爱是一个词

就如耐心……或像荒芜

它缓慢运转它就在这里

让我们作出回应……正如我们对

一些岩石间一闪而过的群青所做的

它是一种颜色一条道路一次

逼近的阵痛……它是一个

我们不得不维持的希望

只有当爱

不再沁着酒

我们才能删去这个词

看看"雪折"这个词……这就是
语词如何向低处骤然跌落
一旦不为我们所用它们便无处存身
当词不去打断
枝条上松针的脱落
唇舌耽迷于传递它们
它们垂直落入黑色的泥土
并不是每个人都有词的
天赋……但如果我们拥有爱

并且不去宽宥自己……我们就会牢牢

站立在千万棵树之间

而距离相当于一个关于"近"的范畴

由是我们可以生存

哈拉尔·吉尔辛,《无题》

(爱)

房屋，也同样，与每一件事类似，诞生

爆炸……凋敝。甚至井的

历史也证明这一点，河涌进

大海，直到消弭自身。大水覆盖。

同样，我们不断被这些健谈者说服

陷入与他们的徒劳争斗。

黑暗以它含蓄的筛子

将我们移回。我们穿过哭墙，

双眼被妥善地修复，心怀铁石，

如不眠之夜的不倒翁。

某物，滚落又击倒

我们面前的每一桩事物（爱），现在

一身冷汗站立于角落，

如同一枚被咬啮的坚硬贝壳。

我们并不用它赢取任何欢愉。

只有潮湿皮肤上的空气

在发光，美的终点上

柔弱的焰火。

第一夜

第一夜开始了。

房间的门朝向一间屋开启。

这是船只在屋宇内部回退的时刻。

我里面的一艘帆船似乎没有理由惊愕。

它轻拍着。数我的脉搏。

它潮湿的身体惬意于所有的感官。我被

锁入这间房。作为一个初学者,

我已了悟良多:

一个女人可以不在意我

却在我内部弥散开她自己;

每一次天色薄暮,为了成为美的,

我不由自主地停留在这间房;

女巫的苹果一分为二,它是坚硬的;

当你正确地放上大拇指,那本闪烁之书

有五层:有关鸟,有关女人和商铺,

有关自画像,精微地变化着,

有关船只,风帆时张时弛。

之后海港关闭了。第一夜。

大海涌上舌尖。

莉利亚·布里克与马雅可夫斯基在撒马尔罕

——未注明日期的照片

阴影颇为健谈,尽管它们什么也没说出来。

光线用它自己的方式发声:光线从一个哑默的
  角度

在地面上投射对角线,形似一具入睡的躯
  体。而

马雅可夫斯基没说话,莉利亚在微笑。因为他
  们不能

说话(这,当然,是一张照片),存在着某种

感觉，

他们携带了许多，太多秘密。

他们在撒马尔罕的一个亭子里休息。两个男人
　　站立在

一些陈列物的后方（罐子，糕点，水果?），

平放在泥土上的矮箱后是第三个男人。

前景的一张木质长凳上是莉利亚，马雅可夫
　　斯基

坐在一把乌兹别克斯坦柳条椅上。俩人都携带
　　拐杖

五个人都看着镜头。谁拍的？奥西普。

她丈夫？她并没有微笑。这是夏天。她的
 肩膀
浑圆，栗棕。她决意成为一位伟大诗人生
 命中
无法被复制的爱。你能看出这一点。
塔蒂亚娜，巴黎的竞争对手，将不得不跟她的
 子爵结婚。
几年以后，在鲁边斯基街，马雅可夫斯基将一
 颗子弹

射进他自己的头颅。现在他已经看上去

显得不安。但他的姿势……白饰边的黑色贴身
　内衣带来的
些微做作,向外伸出的手臂,球形钮上
长官的手……掩盖了一切。"没有你我不开心"
他以电报告知塔蒂亚娜。但他身在此地。

他朝自己足上啐肥硕的瓜子。奉命修建的
绿色清真寺,是一座营地。

除此之外,其他都很引人注目,几乎算得上慷
　　慨。照片的
最上方,是绿洲的边际。天很热。尽管夜晚
将扰乱这秩序,与鸟,与来自布哈拉的
骆驼,和内陆腹地的飞艇一起。四个男人,
一个女人。一个女人和一个男人。男人的头
　　脑里
有一个女人的蜂巢。许多人追求他,他那么有
　　礼貌(人们普遍认为)

今晚在沙城他会站在五千人面前朗诵。

可是社会中某次强劲的变化

不再像从前令他着迷。他的主题通常更为
 顽固：

单恋，孤独，破坏。"我是如此孤单，

如同一个人的独眼，当他踏上通往盲人的小道
 上"

此处，单独某人用金子修复容器上的裂缝。

我们从没见到过一张如此清晰的照片。因为
 缩印

我们无法看到盒子里盛放着什么。这样更

好。鸟

微动。莉利亚:三心二意。奥西普:不见

　人影。

马雅可夫斯基:诸种信念中的一团骚动。

这个晚上,当他朗读,他会用丝绸和意义让自

　己平静。

夜晚何时来临,还有随夜浮现的

鸟类学魔法?翅,蜂群,不属于现实的

涡卷形装饰。一种眩晕的感觉。

他很了解女人吗?照片上,仍是

中午,光线呆板。并没有什么沉浸在柔和的微
　　光中。只有
直直指来的一瞥。爱的暗盒。冰走动棋子……
　　令人目盲。
你必须从褪色的记忆中发明出这一切

并在片刻之内使它变得厚重,用外衣的白,
内衣的黑,树丛边缘
泛黄的垃圾,和他们的眼白:你必须
发明那些论证,和那些信件,电报,电话
无休止,无意义的交换,以及,爱的

迫近的危险，一种曝光过度的倦意之中

迫近的危险。

维克托·奥尔焦伊,《冬日乡野》

尼斯的公墓

瓦尔河以外十公里是

尼斯市的火葬场,

在小工厂和饲料甜菜地之间,四周是围栏:

一座采石场中修建的圆形露天竞技场,

俨然一座为赫雀瑟女王修建的现代神庙。

阿拉伯式花饰以白色的浮夸装饰

轻质的混凝土:固定的美人蕉花和

罂粟花茎断片。粗糙,

饱受侵袭,萧条,树影全无,

一个拥有六千只瓮的地方。

停车场上方的风奏乐器,如同灰烬仍在呻吟。

两名卫士，北非人，

两张等着挨揍的脸，

一瓶瓶丁烷

被抬上手推车，接着被推向内部，

在手电筒的弱光中。

曼哈顿之死

从飞机上看:

一千年终结后的一棵白蚁树。

仪器显示

它在两条河与外表的巨大沉淀之间

突起。

老房子已被拆毁,

曲线被抻直,连同阿拉伯树胶一起。

玻璃塔的租金升到天价

租户们不得不

携带他们尖锐的

私人化学想象力碎片

搬至皇后区，威廉斯堡，布鲁克林。他们仍未
　懂得
诚实是一种技巧，而如今真相
正摆出一副游牧民的姿态，
环绕心脏的衰竭
回旋曲折。但汉堡汽车旅馆的
面包卷免费，它们总渴望羞辱的公主们
刚刚满十三岁，她们白得像
冬天窗户上的冰。

画家说，死亡是空间的边缘。

这就是每个人如何活着的方式：

着眼于河对岸的后乌托邦城市，练习

如何随声附和他们已经历的一切。

月升起：光线充沛，

你可以辨认飞机之间的

每一个火山口。而你的私人历史

正竭力脱掉它的角斗士皮肤，

并将自己折叠进它自身，像

一种神秘的日本折纸。

THE SINGER BUILDING

雷切尔·鲁宾逊·埃尔默
《从布鲁克林大桥远望辛格大厦》

伊斯坦布尔

它显得破落,

月亮的确显得如此,

在塔克西姆广场边缘,

从架设在一座歪斜山峰上的

一架望远镜的修长镜管看过去,

但看一次只需花上五百里拉,

男人转动轮子,

你弯腰凑向一个小镜头

就看见它在近处,

白,冷,火山口和山谷,

甚至有黑色的美人痣。

有一点点破落,

但与塔克西姆和它的交通,

它落尘的架子上萎蔫的书

和打铃叫卖杏仁的摊贩相比,

这不及它一半的破旧和真实。

你在人群中穿过广场。

霓虹灯下

夹竹桃树丛站立在

它们的圆弧形阴影里。

月很小,是夏夜薄雾中

一只平淡,发光的碟。

只有你知道它看起来会是怎样,

了无生气,

恰好是白,冷,几乎发蓝。

路易吉·迈耶,《特拉比亚》

致一只巴统的海豚

一个男人沿着海滩散步,回想着,

碾过黑色小圆石。

他们曾经都说,这儿过去可不一样。

于是他对那位跟木头海豚待在一块儿的

摄影师说:不,

只要让我在这儿看到

哪怕一只活的,

我就让你拍我。

纹丝没动,与此同时,

他们站到水边

用眼搜寻。

一些天,一些年以后,

他们清理了那具流线型的

尸体。

关于碎片的初步对话

内部对我们说话,

比一个军团更清晰,

他们尖叫,用绳索,

向上拖拽巨大的石块

进入无限。

当然,是并不存在的无限。

并不存在的有:

依旧是一块碎片的塔,

堕入静默的尖叫,

被修平的蛇形线,

拙陋的歌剧脚本。

你听得见我吗?

扑簌簌?不能听见的:
陨谢的羽翩雨。

冰记忆

冰像水流动。冰的深处
古老的天气得以保留,也许是打开
《启示录》的一把钥匙。

《圣经》使我们熟悉洪水和瘟疫,
自柏拉图时代落下的雪有八千米深,
自拉斯科洞窟壁画家时代落下的雪有一万七千
  米深。

格陵兰的冰里有印尼喀拉喀托的
火山灰,古罗马鼓风炉的

铅污染,自蒙古吹入的

尘。冰的每一层里有微小的气泡,
告诉我们关于过去的大气,
突如其来,狂欢节一般的

变化,持续了数千年。
这样的距离保证了一条
永恒之链。近距离看,它却像

一个疯狂的蹦极者想要在

一辆高速发动的脆弱过山车上降落。然而
只有一个问题真正触动我们:

我们细小裸足的印记在哪里?
有一个惩罚性的模式,一种美丽的常规:
夏天的雪为冬天的雪覆埋。

一些冰山散发令人震惊的蓝色微光。
这是冰的密度,来自踏过那里的秀美的足,
冰川专家说。

大卫·皮埃尔·焦蒂诺·安贝尔·德·叙佩尔维尔
《1809年1月马斯河上的浮冰》

在天堂

蛇,是有的,是草蛇,

尾,是有的,是鱼尾。

有太阳和月亮,还有

月日。事实上,有万物。

也有必死,和它的歌。

有不计其数的图画,档案,

博物馆。猎人外出追捕潜行兽。

因为它打开存在的方式,

有的人成了外阴专家。其他的则

成为音乐无穷性的专家……他们

迷失在自己的极乐里。另有一些依旧

从绘画的界限王国辨认出自身。

我们继续写作。

时间的陷阱华丽地闪耀

有恐惧有慈悲有叛乱。

这里的垭口老鹰曾盘旋。

这里的垭口现在被坦克占据。

花朵所需的仁慈的水,是有的。

爆裂的瞳仁,没有四肢的躯干,

是有的。有暴力。有

令人宽慰的夜。无法被击垮的人们

是没有的。对复仇的宽宥

是没有的。完全没有信任。

完全没有未来。天堂逼迫出

胸腔里的尖叫,飞入伤口。

莫里斯·皮亚尔·韦纳伊,《鹰》

在毁灭之书中

那些面包师,挪开粉白的双手。

那些屠夫,腐烂在他们的牲畜跟前。

那些诗人,口若悬河

鼓噪着长篇大论。

这些,都被写进毁灭之书。

没有被刻写的

是那些雕像穿了孔的底面

在那儿,铅的基座在青铜上被侵蚀。

是那些内部的沉积物

透过缺失的眼睛,

透过头骨上一个窟窿。

是那些乱撞在胸腔里的器官。

它们刚好为一颗干枯的心

留出一块空间。

是那些印章沁出的油墨,

弄污了纸,又将所有的色彩吞噬。

坟

从这儿往北,道路

枯燥,黄草,

渴在根里,在心里。

一切简单,而假。

这儿我试着想历史,

殷瓦利丹街上①

紫色山毛榉遮着恐龙的

巨型脊椎,

---

① 殷瓦利丹街:柏林自然历史博物馆所在地。

大理石俾斯麦,

诗人贝恩,一块波岑涅的名牌,死寂①。

在防空洞深处

柏林波兹坦广场

是希特勒最钟爱的马蹄铁。

权力的侧影:铁甲和头盔。

在裤兜里,我们捏断

标语。满怀惬意

---

① 柏林波岑涅街:对二十世纪德语诗歌影响最大的诗人之一贝恩(Gottfried Benn,1880—1957)故居所在地。

听布料的黑暗中

旗的碎片。

别忘了诗人赝品的骰子

当铁再次主宰，

我们将不得不自欺自慰，

用碎石缀饰岩石，

水缀饰心。

理查德·尼古劳斯·罗兰·霍尔斯特,《埃姆内斯的果园》

以阿布·纳瓦斯的方式

那里夏夜的群星发现有
一片林中空地。它们照耀
酒罐,我们停仃,
肉体的潮湿头巾上闪烁微光。

酒唤醒了狩猎的心。它允诺
群山和羚羊。饮尽,它说,
享受,除了感官的新鲜,
被记取的生活里无物将存留。

一枚带壳扁桃仁的芳香。

你的银项链,叮当作响。

巴士拉的花园里

一缕柔和的绿光。

那么我们应该为逝去的快慰时光一饮而尽吗?

为沙丘之脊,比白更

白,于纸张愈白……

你仍记得那上面我的词句吗?

也为那比红更红,栖在

一块头巾旁的鹦鹉,饮尽?比血更红?

你还记得血吗？那蝉吗？

在我们深处鸣响它们自身漫长的死亡。

温斯洛·霍默,《鲱鱼网》

亚历山大港……（一）

那后边儿就是他老坐的地方，那张大理石
  桌子，
年长的侍者说，在古旧的
甚至那时就在迟缓转动的吊扇下，
在新艺术风格的手工抹灰墙天花板下，
生活曾是适意的：斯坦利·比奇，
格里门诺帕罗，和优雅
小巧的齐齐尼亚，如今的一座电影院，
旺季时他们曾在那里上演《托斯卡》，
《波西米亚》和《罗恩格林》（当时的
那不勒斯以南，人们能接受的最为凛冽的

瓦格纳)。他就坐在那儿，一个希腊人，

几万名希腊人中的一个，

不曾注意过五十万埃及人。

活在头脑里的欧洲

陷在斯特雷波的时代："人居世界

最宏伟的商业中心"

如今只有石头和海水了

和一种全然疲惫不堪的感觉。

亚历山大港……(二)

不是从眼,而是从鳃

你可以看出今晚

是不是有鲈鱼上钩了,孟菲斯大道鱼市的

年轻小姐指教着。

他在粗篷帆布下闲逛

仔细倾听细碎的闲谈,柠檬水玻璃杯里

长勺发出的叮当声。"世界上

埃及的历史最长",他提醒自己;以及他母亲

  的另一个

说法:"为什么要求一个人

用完全相同的方式爱另一个?"

夜已来临，帽和围巾的遮藏下，他已从阿特莱
　恩地区，
秘密地返回。他们在阳台上交谈
在塞浦路斯黄星群之下，追忆
（关于散发着酸奶气息的
年轻希腊工人的腋窝），蓦地
他感到纯洁和被赦免。纯洁，如同
被涤罪，如同生殖中
纯粹的降服。

亚历山大港……(三)

……

一片向荒芜廓张的水泥。
你不可能在此之上生长。
没有其他,除了港口里
穿黑制服的年轻水手,板条箱里
成堆银白的活鱼,
和年轻女孩,他们说,她们全是
舞蹈,游泳,和爱的
妙极的女主人。

弹子游戏厅下面他们挖角砾石。

那古罗马城埋藏的深度

正如二楼的房间占据的高度。

所有这些围绕在我们四周的亡灵。

将他们葬入何处，如果不是

在语言中？再远一点，

沙漠，石，星，夜，空无。

海在悲恸，因为一种癫狂的信念而疯魔：

它可能死于一朵浪。

你不可能在此之上破碎。

诗学

诗拒绝了康斯坦丁·卡瓦菲,

作于莫缇亚的青年雕像前,高度一米八,公元
   前460—450年

这首诗
找一个地点
让我的欲望移动棋子,
它不能明着做。
恕我解释。
这城市是个负担。

语言,伪经,古老的材料

隐匿着大腿,

腹股沟的黄痣

有嗡嗡声,要是我往下想,

它就像皮肤上

只活一夜的蜻蜓。

纱布,纺织

自石白色之石

自反复折断之翼

逆我所愿,我再

撕裂古老之物

用语言：词

我在股票交易所门前听着

在咖啡馆，焦油色的

房间。抓起

旧历史书。这首诗

不喜欢装饰，它已

风格化过了。衣褶

裸出曲线的

强度。

一首诗不写给谁。

我把它发给朋友们,

懂或不懂

请随意,

沿途,它采集

虚无的碎片,

在终点

辉煌地站着。

图书在版编目(CIP)数据

无一缺损/(斯洛文)爱德华·科茨贝克著；梁俪真译.--上海:华东师范大学出版社,2025
ISBN 978-7-5760-4510-9

Ⅰ.I555.425

中国国家版本馆 CIP 数据核字第 20257KW802 号

华东师范大学出版社六点分社

本书著作权、版式和装帧设计受世界版权公约和中华人民共和国著作权法保护

Nothing is Lost
by Edvard Kocbek
Copyright © by Edvard Kocbek Estate
The translation was published with the support of Copyright agency of Slovenia
Simplified Chinese translation copyright © 2025 by East China Normal University Press Ltd.
ALL RIGHTS RESERVED
上海市版权局著作权合同登记　图字:09-2025-0023 号

无一缺损

著　　者　[斯洛文尼亚]爱德华·科茨贝克
译　　者　梁俪真
责任编辑　朱妙津　古　冈
特约编辑　张家郡
责任校对　卢　荻
封面设计　姚　荣

出版发行　华东师范大学出版社
社　　址　上海市中山北路3663号　邮编　200062
网　　址　www.ecnupress.com.cn
电　　话　021-60821666　行政传真　021-62572105
客服电话　021-62865537　门市(邮购)电话　021-62869887
地　　址　上海市中山北路3663号华东师范大学校内先锋路口
网　　店　http://hdsdcbs.tmall.com

印　刷　者　上海景条印刷有限公司
开　　本　787×1092　1/32
插　　页　1
印　　张　4.5
版　　次　2025年6月第1版
印　　次　2025年6月第1次
书　　号　ISBN 978-7-5760-4510-9
定　　价　58.00元

出 版 人　王　焰

(如发现本版图书有印订质量问题,请寄回本社客服中心调换或者电话021-62865537联系)